063989

CRWYDRO'R MÔR MAWR

BOB EYNON

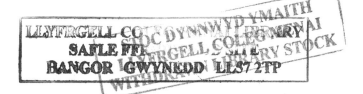

LLYFRGELL CO... DYNNWYD YMAITH
SAFLE FF... ...RGELL COLEG ...WAI
BANGOR GWYNEDD LL57 2TP
STOC DYNNWYD YMAITH
...LIBRARY...
WITHDRAWN LIBRARY STOCK

D1393379

DREF WEN

Argraffiad cyntaf 2004
© y testun Bob Eynon 2004

Cyhoeddwyd gan Wasg y Dref Wen,
28 Ffordd yr Eglwys, Yr Eglwys Newydd,
Caerdydd CF14 2EA
Ffôn 029 20617860.

Argraffwyd ym Mhrydain.

Cedwir pob hawlfraint. Ni chaiff unrhyw ran
o'r llyfr hwn ei hatgynhyrchu na'i storio mewn
system adferadwy, na'i hanfon allan mewn
unrhyw ffordd na thrwy unrhyw gyfrwng,
electronig, peirianyddol, llungopïo, recordio
nac unrhyw ffordd arall, heb ganiatâd ymlaen
llaw gan y cyhoeddwyr.

I Christine Williams
a'i theulu

1

Roedd Capten Simcox yn gorffwys yn ei gaban pan glywodd e rywun yn curo ar ei ddrws.

"Dewch i mewn!" galwodd.

Daeth Lifftenant Robert Vaughan i mewn i'r caban. Cymro o Sir Benfro oedd Vaughan. Gwenodd Capten Simcox arno. Roedd e'n hoffi'r Cymro ifanc. Roedd Vaughan yn ddibynadwy iawn, ac yn boblogaidd gyda'r morwyr eraill.

"Ie, Vaughan?" gofynnodd Simcox. "Oes rhywbeth yn bod?"

"Yn ôl y gwyliwr, mae mwg ar y gorwel, Syr," atebodd y lifftenant.

Cododd y capten o'i gadair.

"Gadewch i ni weld," meddai.

Dilynodd y Cymro Simcox lan y grisiau i'r dec. Roedd y capten yn forwr profiadol, a doedd e byth yn brysio. Roedd e wedi cael ei anafu ym mrwydr Trafalgar dair blynedd yn gynt, ac roedd e'n gloff yn ei goes chwith.

Roedd y *Keswick* eisoes yn hwylio i gyfeiriad y mwg, ac roedd Pumfrey, y bosn, yn gweiddi gorchmynion. Roedd rhai

gorffwys *to rest*	morwr *sailor*
dibynadwy *dependable*	profiadol *experienced*
poblogaidd *popular*	anafu *to wound*
gwyliwr *look-out*	cloff *lame*
mwg *smoke*	hwylio *to sail*
gorwel *horizon*	gorchmynion *commands*
dilyn *to follow*	

o'r criw yn gweithio ar yr hwyliau, ac eraill yn paratoi'r canonau ar ddec y gynnau. Roedd Pumfrey wedi bod gyda Simcox am ddeng mlynedd a gwyddai na fyddai'r capten yn colli siawns i ymladd pe bai llong o Ffrainc neu Sbaen yn yr ardal.

Trodd y Cymro i edrych ar ei gapten; roedd Simcox wedi codi'r telesgop i'w lygad ac roedd e'n gwenu. Bu'r daith yn dawel iawn hyd yma – yn rhy dawel yn ei farn e. Doedd llywodraeth Prydain ddim yn anfon llongau rhyfel i Ynysoedd y Caribî i wneud dim.

Daeth Dickens, lifftenant ifanc arall, i ymuno â nhw ar ddec y ffrigad.

"Ydyn ni ar y cwrs, Syr?" gofynnodd.

"Ydyn," atebodd Simcox. "Mae'r mwg yn glir iawn. Mae'n rhy gynnar i fod yn siŵr, ond rwy'n meddwl bod llong ar dân, gan nad oes ynysoedd yn yr ardal hon."

Roedden nhw'n teithio'n gyflym drwy'r dŵr nawr, a'r criw i gyd yn gweithio'n galed iawn. Rhoddodd y capten y telesgop i'r Cymro.

"Beth ydych chi'n ei weld, Vaughan?" gofynnodd. "Mae fy llygaid i'n mynd yn hen."

Edrychodd y lifftenant drwy'r telesgop am rai eiliadau.

"Mae dwy long, Capten," meddai'n gyffrous. "Rwy'n gweld y fflachiadau trwy'r mwg. Maen nhw'n saethu at ei gilydd."

"Ydyn, Syr," cytunodd Dickens. "Rwy'n gallu clywed y gynnau hefyd."

"Ewch â neges at y bosn," meddai Simcox wrtho. "Dim ond

gynnau *guns*	ynysoedd *islands*
gwyddai *he knew*	fflachiadau *flashes*
ymladd *to fight*	saethu *to shoot*
llywodraeth *government*	

8

llong fach yw hon. Os bydd rhaid i ni ymladd yn erbyn llong ryfel fawr, fe fydd angen defnyddio'r gynnau mawr i gyd."

"Rydyn ni'n agosáu atyn nhw'n gyflym," meddai Vaughan ymhen rhai munudau. "Rwy'n eu gweld yn glirach nawr, Syr. Llong o Sbaen sydd ar dân. Rwy'n gweld y faner yn glir."

"Beth am y llong arall?" gofynnodd Simcox. "Prydeinwyr ydyn nhw?"

Rhoddodd y Cymro y telesgop iddo.

"Wn i ddim, Capten," atebodd e. "Does dim baner o gwbl gyda nhw."

agosáu *to approach*

2

"Ble mae Llfftenant Hayes?" gofynnodd Capten Simcox.

Hayes oedd y trydydd llfftenant ar y *Keswick*. Doedd dim llawer o brofiad ganddo ac, yn anffodus, roedd Hayes yn edrych yn ifanc iawn; doedd rhai aelodau o'r criw ddim yn dangos digon o barch tuag ato.

"Mae e ar ei ffordd," atebodd Dickens. "Roedd e ar ddyletswydd trwy'r nos. Mae e wedi bod yn cysgu."

"Iawn," atebodd y capten. "Rhaid i bawb ohonon ni fod yn barod i ymladd os bydd angen."

Pan ddaeth Hayes i fyny'r grisiau, anfonodd Simcox y ddau llfftenant arall o gwmpas y ffrigad i wneud yn siŵr bod popeth yn iawn. Daeth neges i lawr i'r capten gan y gwyliwr.

"Mae un o'r llongau'n ffoi, Syr," meddai. "Maen nhw wedi ein gweld ni. Mae'r llong arall ar dân o hyd."

Pan gyrhaeddodd y *Keswick* at long Sbaen, gwelodd Simcox fod y Sbaenwyr wedi diffodd y tanau, er bod y mwg yn dal i godi. Allai'r Sbaenwyr ddim amddiffyn eu hunain yn erbyn ail ymosodiad, felly gostyngon nhw faner Sbaen a chodi baner wen yn ei lle. Galwodd Simcox Llfftenant Vaughan i'r dec.

"Rwy'n mynd ar fwrdd llong Sbaen. Fe fydd Dickens a chwpwl o forwyr yn dod gyda mi yn y cwch bach. Chi fydd yn

---

trydydd *third*
profiad *experience*
ar ddyletswydd *on duty*

ffoi *to flee*
diffodd *to extinguish*
gostwng *to lower*

10

gyfrifol am y *Keswick* dros dro, ac fe fydd Hayes yn aros yma gyda chi."

Cytunodd y Cymro. Roedd e'n brysur yn gwylio'r drydedd llong. Roedd hi wedi troi i ffwrdd, ond doedd hi ddim yn bell. Oedd hi wedi rhoi'r ffidl yn y to tybed, neu oedd hi'n aros am gyfle i ymosod eto? Darllenodd Capten Simcox feddwl Vaughan yn dda.

"Rwy'n gwybod fy mod i'n gallu dibynnu arnoch chi, Lifftenant," meddai, ac yna trodd i ffwrdd.

Pan gyrhaeddodd Capten Simcox a'r grŵp bach o forwyr ar ddec llong Sbaen, gwelson nhw fod llawer o'r Sbaenwyr wedi eu lladd a'u hanafu yn y frwydr, ond roedd capten y llong yn fyw o hyd. Daeth e i groesawu Simcox.

"Môr-ladron ydyn nhw, Capten," meddai e yn Saesneg. Roedd ei lais e'n chwerw. "Doedden ni ddim yn eu drwgdybio, gan eu bod nhw'n hedfan baner Sbaen, fel ni. Ond fe danion nhw arnon ni heb rybudd. Doedd dim siawns o gwbl 'da ni."

Nodiodd Capten Simcox ei ben. Roedd llawer o herwlongau'n crwydro'r môr mawr, ac yn ymosod ar longau masnachol a dwyn eu cargo. Roedd Simcox yn cytuno â'r Sbaenwr – dim ond môr-ladron oedd yr herwlongwyr yma.

"Oes cargo gwerthfawr gyda chi, Capten?" gofynnodd Simcox.

"Nac oes," atebodd y Sbaenwr. "Rydyn ni ar ein ffordd i Venezuela."

yn gyfrifol *responsible*	croesawu *to welcome*
dros dro *temporarily*	drwgdybio *to suspect*
rhoi'r ffidl yn y to *to give up*	tanio *to fire*
cyfle *opportunity*	heb rybudd *without warning*
ymosod *to attack*	herwlong *privateer*
meddwl *mind*	masnachol *merchant*
dibynnu *to rely*	gwerthfawr *valuable*
lladd *to kill*	

LLYFRGELL COLEG MENAI LIBRARY

"Bydd rhaid i fy morwyr chwilio bobman," meddai'r Sais, "i wneud yn siŵr nad ydych chi'n cuddio dim ar fwrdd y llong."

"Wrth gwrs," atebodd y Sbaenwr. "A dweud y gwir, *mae* rhywbeth gwerthfawr yma."

Trodd Simcox a syllu arno. Roedd wyneb y Sbaenwr yn ddifrifol.

"Beth, felly?" gofynnodd y Sais.

"Merch ifanc," atebodd y capten. "Mae hi ar ei ffordd i Venezuela i briodi perchennog tir lleol."

difrifol *serious*
perchennog tir *landowner*

3

Yn y cyfamser, ar fwrdd y *Keswick*, roedd Lifftenant Robert Vaughan yn dal i wylio'r herwlong drwy ei delesgop.

"Mae hi'n troi," meddai wrth Lifftenant Hayes. "Rwy'n meddwl eu bod nhw'n dod yn ôl."

Cymerodd Hayes y telesgop.

"Ydyn," atebodd e. "Llong o Brydain yw hi, Vaughan. Mae hi'n hedfan Jac yr Undeb."

"Ydy hi, wir?" meddai'r Cymro gan wenu'n eironig. "Wel, ewch â neges at y bosn."

"Pa neges?" gofynnodd Hayes.

"Dywedwch wrtho am fod yn barod i ymladd."

"Ond Prydeinwyr ydyn nhw," protestiodd y lifftenant ifanc. "Allwn ni ddim tanio arnyn nhw!"

"Efallai bod mwy nag un faner 'da nhw," atebodd y Cymro. "Pwy a ŵyr?"

Roedd yr herwlong yn agosáu nawr. Cyn bo hir roedden nhw'n gallu gweld y morwyr ar y dec yn glir. Anfonodd capten yr herwlong neges fflag i'r *Keswick*.

"Mae'r llong fasnachol yna'n perthyn i ni," meddai'r neges. "Gadewch i ni fynd ar ei bwrdd hi ar unwaith."

Ond anfonodd Vaughan neges siarp yn ôl i'r herwlongwyr.

Jac yr Undeb *Union Jack*
neges *message*
anfon neges fflag *to send a flag message*

13

"Mae'r Sbaenwyr wedi ildio i ni," meddai. "Cadwch draw neu fe fyddwn ni'n tanio arnoch chi."

Roedd wyneb Hayes yn wyn. Doedd e erioed wedi bod mewn brwydr môr. Roedd e'n teimlo'n nerfus iawn. Trodd at y Cymro.

"Prydeinwyr ydyn nhw," meddai eto, ond nid oedd Vaughan yn gwrando arno. Roedd e'n canolbwyntio ar y llong arall. Gallai weld gynnau mawr yr herwlongwyr yn anelu at y *Keswick*. Er bod mwy o ynnau mawr gyda'r ffrigad na gyda'r herwlong, gallai'r ddwy long niweidio ei gilydd yn ddifrifol. Roedd matsys mudlosgi gynwyr y *Keswick* yn eu dwylo, a gallai pawb deimlo'r tensiwn yn yr awyr.

Rhoddodd y Cymro orchymyn newydd.

"Taniwch ergyd ar draws eu blaen nhw!"

Torrodd yr ergyd ar y distawrwydd. Am foment, nid oedd Vaughan yn siŵr beth fyddai ateb yr herwlongwyr, ond roedd capten y llong arall wedi gwneud ei benderfyniad yn barod. Roedd ateb cadarn Robert Vaughan wedi ennill y dydd. Hwyliodd yr herwlong heibio i'r *Keswick* yn dawel, ac yna troi i gyfeiriad arall.

Hanner awr yn ddiweddarach, daeth Capten Simcox â'r cwch yn ôl at y *Keswick*. Llifftenant Hayes oedd y cyntaf i groesawu'r capten a'r lleill ar y bwrdd.

"Fe orchmynnodd Vaughan i'r gynnwyr danio ar draws blaen yr herwlong," meddai wrth y capten. "Yn anffodus, roedd y llong yn hedfan Jac yr Undeb fel ni."

Aeth Simcox heibio i Hayes i'r lle roedd Llifftenant Vaughan

ildio *to concede*	matsys mudlosgi *slow matches*
cadwch draw *keep away*	ergyd *shot*
canolbwyntio *to concentrate*	distawrwydd *silence*
anelu *to aim*	penderfyniad *decision*
niweidio *to damage*	cadarn *firm*

yn sefyll.

"Fe wnaethoch chi'n dda, Lifftenant," meddai wrth y Cymro. "Pan ymosodon nhw ar y Sbaenwyr, doedden nhw ddim yn hedfan Jac yr Undeb ond baner Sbaen."

"Diolch, Syr," atebodd Vaughan. "Doedden nhw ddim eisiau trafferth gyda ni. Dim ond môr-ladron ydyn nhw."

Tra oedd y Cymro'n siarad â'r capten, roedd e'n edrych ar y ferch oedd newydd ddringo ar fwrdd y *Keswick*. Roedd ganddi wallt du, hir; ac nid oedd Robert Vaughan wedi gweld merch mor hardd erioed.

"Dyma Señorita Teresa Alba," meddai Simcox. "Rwy wedi addo i gapten llong Sbaen, Capten Rodriguez, y byddwn ni'n mynd â hi'n ddiogel i borthladd Torrenueva yn Venezuela, lle mae hi'n mynd i briodi. Yn anffodus, dydy hi ddim yn siarad Saesneg yn dda, a dydw i ddim yn siarad Sbaeneg."

"Dim problem," atebodd Vaughan gan wenu ar y ferch. "Rwy'n siarad Sbaeneg yn eitha da."

ymosod *to attack*
môr-ladron *pirates*
addo *to promise*
yn ddiogel *safely*

15

4

Rhoddodd Capten Simcox ei gaban i'r Sbaenes ifanc. Nid oedd Teresa yn mentro allan o'r caban yn aml, ond roedd y capten yn anfon Llifftenant Robert Vaughan i weld y ferch o bryd i'w gilydd i wneud yn siŵr ei bod hi'n iawn.

Ar y dechrau, doedd y ferch ddim yn dweud llawer wrth y Cymro; roedd hi'n nerfus a swil. Ond, yn raddol, daeth hi i ymddiried ynddo, a dechreuodd siarad am ei bywyd hi yn Sbaen.

Roedd teulu Teresa Alba'n gyfoethog; roedden nhw'n byw ar ystad fawr ger Málaga, lle roedd ei thad hi'n magu ceffylau a theirw. Roedd rhai aelodau o'r teulu wedi gadael Sbaen flynyddoedd maith yn ôl, a mynd i fyw i'r Byd Newydd. Nawr roedd Teresa ar ei ffordd i Dde America, am fod ei rhieni wedi trefnu iddi hi briodi â chefnder pell yn Venezuela.

"Ond pam ydych chi'n teithio ar eich pen eich hun?" gofynnodd Vaughan. "Pam nad oes gwarchodwraig 'da chi?"

"Doeddwn i ddim ar fy mhen fy hun pan adawais i Sbaen," esboniodd Teresa. "Roedd gwarchodwraig 'da fi. Ond roedd hi mor sâl ar y daith, roedd rhaid iddi adael y llong pan gyrhaeddon ni Ynysoedd Canaria."

mentro *to venture*	teirw *bulls*
swil *shy*	trefnu *to arrange*
yn raddol *gradually*	cefnder *cousin*
ymddiried *to trust*	gwarchodwraig *chaperone*
magu *to rear*	

"Ydych chi'n nabod eich cefnder yn dda? gofynnodd Vaughan.

Siglodd y ferch ei phen.

"Nac ydw, dim o gwbl," atebodd hi. "Dydw i ddim wedi cwrdd â fe erioed."

"Ydy e'n ifanc neu'n hen?" gofynnodd y Cymro.

"Yn ôl fy rhieni i, mae e'n ifanc," atebodd y Sbaenes.

Mae e'n fachgen lwcus, meddyliodd Robert Vaughan.

Un noson dawel, aeth Teresa Alba am dro ar y dec gyda Robert Vaughan i wylio'r haul yn machlud. Doedd dim llawer o forwyr ar y dec, ond roedden nhw i gyd yn edrych ar y Sbaenes ifanc, am ei bod hi mor hardd.

"Dydyn ni ddim yn bell o Venezuela nawr," meddai Vaughan yn sydyn. Gallai'r ferch glywed y tristwch yn ei lais.

"Ydych chi wedi priodi, Roberto?" gofynnodd hi.

"Nac ydw."

"Oes cariad 'da chi gartref?"

"Nac oes," atebodd y Cymro gan wenu'n swil. "Rwy'n briod â'r môr, efallai."

"Ond hoffech chi ddim setlo i lawr un diwrnod?" gofynnodd hi.

"Hoffwn," atebodd e. Trodd e ei ben ac edrych arni. Gwridodd hithau.

"Mae hi'n oeri," dywedodd hi gan edrych i ffwrdd. "Mae rhaid i mi fynd yn ôl i'r caban."

Chysgodd Robert Vaughan ddim yn dda y noson honno. Cyn bo hir byddai rhaid iddo ffarwelio â Teresa am byth. Roedden nhw'n ffrindiau, ond roedden nhw hefyd yn elynion oherwydd

siglo *to shake*   ffarwelio *say goodbye*
machlud *sunset*   gelynion *enemies*
tristwch *sadness*
gwrido *to blush*

y rhyfel rhwng Prydain a Sbaen.

Yn anffodus, nid oedd pawb ar y *Keswick* yn hoffi Teresa Alba. Roedd dau forwr, Jacob Falk a Dick Penny, yn ei chasáu. Troseddwyr oedd y ddau, ac roedden nhw wedi ymuno â'r llynges er mwyn ffoi'r wlad am sbel.

Dechreuon nhw gwyno am y Sbaenes ifanc wrth aelodau eraill y criw.

"Does dim lle i ferched ar long ryfel," meddai Jacob. "Fe fydd y ferch 'na yn dod ag anlwc i ni, fel y daeth hi ag anlwc i'r llong arall."

"Bydd," cytunodd ei ffrind Dick Penny. "Y lle gorau i Sbaenes fel hi yw ar waelod y môr!"

troseddwyr *convicts*
llynges *fleet*
aelodau *members*
anlwc *misfortune*
gwaelod *bottom*

5

Roedd llawer o forwyr y *Keswick* yn y Llynges Frenhinol ers blynyddoedd. Roedden nhw wedi brwydro ym Môr y Canoldir cyn dod i Ynysoedd y Caribî, ac roedd rhai ohonyn nhw, fel y Capten Simcox, wedi cymryd rhan ym mrwydr Trafalgar dair blynedd yn gynt. Yn anffodus, yn lle cael cyfle i orffwys ar ôl brwydr Trafalgar, roedden nhw wedi gorfod dod i Ynysoedd y Caribî i chwilio am longau Ffrainc a Sbaen. Roedd y rhyfel yn mynd i barhau'n hir; er bod Prydain yn gryf ar y môr, roedd milwyr Napoleon yn rheoli'r tir. Roedd Ewrop i gyd yn nwylo'r Ffrancwyr. Oni bai am forwyr y Llynges Frenhinol, byddai Prydain hefyd wedi syrthio i ddwylo Ymerawdwr Ffrainc.

Roedd rhai o forwyr y *Keswick* wedi cael digon ar grwydro'r môr yn chwilio am longau Sbaen a Ffrainc. Roedden nhw'n dechrau hiraethu am eu teuluoedd, eu gwragedd a'u plant.

Doedd Jacob Falk a Dick Penny ddim yn colli cyfle i gwyno wrth y lleill am y bywyd caled ar fwrdd y ffrigad.

"Rydyn ni'n gwastraffu ein hamser yma," medden nhw wrth y lleill. "Mae'r Ffrancwyr yn rheoli Ewrop i gyd. Cyn bo hir fe fydd rhaid i Brydain roi'r ffidl yn y to ac ildio i Napoleon. Yna

brenhinol *royal*	gorffwys *to rest*
Môr y Canoldir	ymerawdwr *emperor*
Mediterranean Sea	hiraethu *to long for*
brwydr *battle*	colli cyfle *to miss an opportunity*
cyfle *chance*	gwastraffu *to waste*

fe fydd y Ffrancwyr yn ein trin ni fel caethweision. Does dim dyfodol i ni yn ôl ym Mhrydain, fechgyn!"

Roedd yr hen forwyr yn troi eu cefnau ar Jacob a Dick pan oedden nhw'n siarad fel hyn, ond roedd diddordeb gan rai o'r morwyr ifanc yn syniadau'r ddau.

"Does dim dyfodol i fechgyn fel chi ym Mhrydain," meddai Jacob wrthyn nhw. "Ond mae dyfodol i chi yma, yn Ne America. Ydych chi wedi clywed am El Dorado, y ddinas lle mae'r strydoedd yn aur i gyd?"

"Stori dylwyth teg ydy hi," meddai un morwr ifanc, gan chwerthin.

"Nage," meddai Jacob Falk. "Rwy wedi cwrdd â phobl sy wedi ymweld ag El Dorado; ac mae sawl El Dorado yn Ne America."

"Ond fyddai 'na ddim croeso i ni gan y Sbaenwyr," meddai morwr ifanc arall.

"Byddai!" atebodd Dick Penny. "Mae pobl De America eisiau ennill eu hannibyniaeth rhyw ddiwrnod. Maen nhw wedi cael llond bol o fyw dan reolaeth Sbaen. Maen nhw'n chwilio am bobl fel ni i'w helpu nhw i ennill eu rhyddid."

trin *to treat*
caethweision *slaves*
tylwyth teg *fairies*
annibyniaeth *independence*
dan reolaeth *under control*

6

Yn gynnar un bore, roedd y *Keswick* yn hwylio'n araf drwy niwl trwchus. Roedd dau swyddog ar y dec, sef Lifftenant Vaughan a Lifftenant Dickens. Roedd y gwynt yn ysgafn, a'r *Keswick* yn dawel. Yn sydyn clywodd y ddau leisiau drwy'r distawrwydd. Roedden nhw'n agos iawn at long arall, ac roedd y morwyr ar y llong arall yn siarad â'i gilydd … yn Ffrangeg!

Anfonodd Lifftenant Robert Vaughan neges i lawr i'r capten i ddweud bod y ffrigad yn agos at long Ffrengig. Daeth Simcox lan i'r dec ar unwaith.

"Rhaid i ni ddechrau codi'r hwyliau," meddai wrth y ddau lifftenant ifanc, "ond heb wneud gormod o sŵn. Dim ond ffrigad yw'r *Keswick*; dydw i ddim yn mynd i chwilio am drafferth gyda llong ryfel fawr."

Cyn bo hir, roedd y bosn a'r morwyr yn gweithio'n galed. Doedd neb yn gallu gweld yn bell trwy'r niwl trwchus, ond o bryd i'w gilydd roedden nhw'n clywed sŵn yn dod o'r llong arall.

"Wel, o leiaf dydyn nhw ddim yn symud eu gynnau mawr," sibrydodd Lifftenant Hayes wrth Vaughan. "Tybed a ydyn nhw'n gwybod ein bod ni yma?"

"Wn i ddim," atebodd y Cymro. "Gobeithio y byddwn ni'n

niwl *fog*　　　　　　　　　　distawrwydd *silence*
trwchus *thick*　　　　　　　 codi'r hwyliau *raise the sails*

21

gallu eu hosgoi nhw yn y niwl."

Dechreuodd y niwl glirio o flaen y *Keswick*, a chafodd Vaughan gipolwg ar long enfawr o'u blaenau. Roedd y ffrigad yn hwylio'n syth i gyfeiriad y Ffrancwyr!

"Reit i'r dde ... Reit i'r dde!" gwaeddodd Capten Simcox.

Yn ffodus, gallai'r ffrigad fach symud yn gyflym drwy'r dŵr. Fyddai llong enfawr y Ffrancwyr ddim yn gallu troi mor gyflym, ond byddai rhaid i'r Prydeinwyr dreulio cyfnod pryderus cyn y bydden nhw allan o berygl.

Ar y llong Ffrengig roedd y morwyr yn rhuthro i fyny i'r dec i weld y ffrigad. Roedd y *Keswick* yn dechrau troi'n barod, ond roedd hi'n agos iawn at y llong Ffrengig o hyd.

Trodd Lifftenant Dickens at Capten Simcox.

"Ydych chi'n meddwl y byddan nhw'n saethu aton ni?" gofynnodd e'n bryderus. "Mae gynnau mawr iawn ar long ryfel fel honna."

"Fydd dim amser 'da nhw i baratoi'r gynnau mawr," atebodd Simcox. "Edrychwch, rydyn ni'n troi i ffwrdd yn barod."

Ond doedd Robert Vaughan ddim mor siŵr.

"Ewch i lawr i'ch caban, Syr," meddai Vaughan wrth y Capten. "Neu i'r dec is, o leiaf. Rydych chi'n darged hawdd i'r Ffrancwyr yma ar y dec uchaf."

Trodd y capten a gwenu arno.

"Diolch, Vaughan," meddai. "Ond fyddan nhw ddim yn saethu ar ffrigad fach fel y *Keswick*. Nawr, ewch i weld a oes angen help ar y bosn."

Roedd y Cymro ar fin mynd i lawr y grisiau pan glywodd e'r

osgoi *to avoid*   pryderus *anxious*
cipolwg *glimpse*   rhuthro *to rush*
cyfnod *period*

ergyd; roedd rhywun ar y llong Ffrengig wedi tanio mwsged. Clywodd sŵn y tu ôl iddo. Trodd a gweld bod Capten Simcox wedi syrthio i'r dec.

"Capten!" gwaeddodd. "Capten!"

Yna daeth y niwl i lawr eto, a diflannodd llong Ffrainc o'r golwg.

ergyd *shot*
mwsged *musket*

diflannu *to disappear*
golwg *sight*

7

Cariodd Llfftenant Robert Vaughan a grŵp o forwyr y capten i lawr i'w gaban, a'i roi e i orwedd ar ei fync. Daeth Jacka, llawfeddyg y llong, i mewn i'r caban. Ar ôl edrych yn ofalus ar yr anaf, trodd y llawfeddyg at y Cymro.

"Mae'r bwled yn ei gorff o hyd," meddai. "Fe fydd rhaid ei dynnu allan. Bydd angen dynion cryf arna i, i ddal y capten i lawr."

"Iawn," atebodd Vaughan. Curodd rhywun ar ddrws y caban.

"Dewch i mewn," meddai'r Cymro, a daeth Teresa Alba i mewn.

"Rwy eisiau helpu," meddai hi.

Gwenodd Jacka ar y ferch.

"Dim ar hyn o bryd," meddai wrthi hi. "Ond ar ôl y llawdriniaeth fe fydd angen rhywun i ofalu amdano. Diolch yn fawr, Señorita."

Pan gliriodd y niwl, roedd y *Keswick* ar ei phen ei hun ar y môr mawr. Islaw'r dec, roedd Jacka wedi llwyddo i dynnu'r bwled o gorff Simcox, ac roedd capten y ffrigad yn gorffwys dan ofal Teresa.

Ar y dec roedd Vaughan wedi cymryd lle Simcox. Roedd e'n

rhoi *to put*	llawdriniaeth *operation*
llawfeddyg *surgeon*	gofalu am *to take care of*
yr anaf *the wound*	gofal *care*
cryf *strong*	gorffwys *to rest*

fwy profiadol na'r ddau lifftenant arall, felly doedden nhw heb brotestio o gwbl, ac roedd diogelwch y criw yn dibynnu ar Robert Vaughan nawr.

Ond yn y cyfamser roedd Jacob Falk a Dick Penny'n brysur yn siarad â phob un oedd yn barod i wrando.

"Dydy'r Cymro Vaughan ddim cystal â Capten Simcox," medden nhw. "Mae e'n rhy ifanc i reoli ffrigad fel hon. Mae llawer ohonom yn fwy profiadol na fe. Os bydd y capten yn marw, fe fydd yn well i ni gymryd y *Keswick* drosodd."

"A beth wedyn?" gofynnodd rhai o'r morwyr ifainc.

"Hwylio'r môr mawr fel herwlongwyr," atebodd Jacob Falk. "Neu lanio yn Ne America a gwneud ein ffortiwn yno."

Roedd Jacob Falk a Dick Penny'n llenwi pennau'r morwyr ifainc gyda syniadau peryglus, a chyn bo hir byddai rhaid i rywun dalu'r pris.

profiadol *experienced*
diogel(wch) *safe(ty)*
cystal *as good*
cymryd drosodd *to take over*

herwlongwyr *pirates*
glanio *to land*
syniad *idea*
perygl(us) *danger(ous)*

8

Roedd y Sbaenes ifanc yn gofalu'n dda am y capten, ond roedd e'n dal mewn perygl. Cafodd ei anafu'n ddifrifol; cysgai lawer, ac weithiau roedd gwres arno. Ond pan oedd ei feddwl yn glir, hoffai siarad â Teresa.

"Beth yw enw eich cariad yn Venezuela?" gofynnodd e i'r ferch.

"Felipe Carrera."

"Ydych chi'n edrych ymlaen at gwrdd â fe?" holodd Simcox.

"Ydw," atebodd hi, ond heb lawer o hwyl yn ei llais.

"Gobeithio ei fod e'n ddyn da," meddai'r capten wrthi. "Rydych chi'n haeddu dyn da, Señorita."

Weithiau, roedd Llfftenant Robert Vaughan yn ymuno â nhw yn y caban. Roedd yn amlwg i Simcox bod y ddau berson ifanc yn hoffi bod gyda'i gilydd. Gallai weld eu cariad nhw'n tyfu, ond nid oedd y capten yn hapus o gwbl gyda'r sefyllfa.

"Mae hi'n mynd i briodi rhywun arall," meddai wrth Vaughan pan oedd e ar ei ben ei hun gyda'r Cymro yn y caban. "Does dim dewis 'da hi. Mae popeth wedi'i drefnu. Rhaid i chi ei hanghofio hi, Vaughan."

mewn perygl *in danger*	haeddu *to deserve*
difrifol *serious*	tyfu *to grow*
gwres *fever*	sefyllfa *situation*
hwyl *enthusiasm*	anghofio *to forget*

"Rwy'n sylweddoli hynny, Syr," atebodd y lifftenant ifanc. Ond yn ei galon, roedd e'n gwybod na fyddai byth yn gallu anghofio Teresa Alba.

Roedd rhai aelodau o'r criw hefyd wedi sylwi bod Vaughan wedi syrthio mewn cariad.

"Mae'r Cymro'n dwlu ar y ferch 'na," meddai Jacob Falk wrth ei ffrindiau. "Dydy e ddim yn meddwl yn glir. Pwy sy'n rheoli'r *Keswick* bellach – Vaughan neu'r Sbaenes? Pan fyddwn ni'n glanio yn Venezuela, beth fydd e'n ei wneud? A fydd e'n ein bradychu ni i'r Sbaenwyr, a chael y ferch yn wobr? Rydyn ni i gyd mewn perygl tra bo'r Sbaenes 'na ar fwrdd y ffrigad."

Un noson roedd gwres ofnadwy ar y capten, ac roedd e'n gweiddi yn ei gwsg. Aeth Robert Vaughan i'w gaban, lle roedd Jacka a Teresa Alba'n ceisio tawelu'r claf.

"Mae angen dŵr ffres arno," meddai'r llawfeddyg wrth y Cymro. "Rydyn ni wedi bod ar y môr yn rhy hir. Fe fydd rhaid i ni lanio'n fuan, neu bydd y capten yn marw."

"Rydyn ni'n agosáu at harbwr Torrenueva," atebodd y Cymro. "Ond rwy'n bryderus ynghylch glanio. Mae'r Sbaenwyr yn ein herbyn ni. Dydw i ddim eisiau cael ein twyllo a'n rhoi yn y carchar yn Venezuela! A dydw i ddim eisiau rhoi'r ffrigad a'r criw mewn perygl, chwaith."

"Peidiwch â phoeni, Roberto," meddai Teresa'n sydyn. "Rydych chi i gyd wedi bod yn garedig iawn wrtha i. Byddaf yn eich cefnogi yn Torrenueva. Mae Felipe Carrera, fy nghariad i, yn ddyn pwysig yno."

sylweddoli *to realise*	agosáu *to near*
dwlu ar *to dote upon*	pryderus *concerned*
glanio *to land*	carchar(or) *prison(er)*
bradychu *to betray*	mewn perygl *in danger*
gwobr *prize*	cefnogi *to support*

Roedd Jacka'n siglo ei ben.

"Fe glywais fod llywodraethwr Torrenueva'n ddyn creulon," meddai. "Bydd rhaid i chi fod yn ofalus iawn, Lifftenant."

Yn sydyn, daeth Pumfrey drwy'r drws.

"Dewch ar unwaith," meddai wrth y Cymro. "Mae grŵp o forwyr yn ceisio cipio'r llong! Maen nhw wedi cipio Lifftenant Hayes ac maen nhw'n ei ddal e'n garcharor!"

cipio *to seize*

9

Pan gyrhaeddodd Lifftenant Robert Vaughan y dec, gwelodd fod dau griw o ddynion yn sefyll yn wynebu ei gilydd. Roedd Lifftenant Dickens yn arwain un o'r grwpiau, tra oedd Jacob Falk a Dick Penny yn arwain hanner dwsin o wrthryfelwyr. Safai Lifftenant Hayes wrth ochr Dick Penny, gyda'i ddwylo wedi'u clymu y tu ôl i'w gefn.

Roedd pob morwr yn cario pistol neu gleddyf, a gallai Vaughan deimlo'r tensiwn yn yr awyr.

"Beth sy'n digwydd yma?" gofynnodd mewn llais awdurdodol.

Cymerodd Jacob Falk gam ymlaen. "Rydyn ni wedi cael llond bol o'r *Keswick*," meddai. "Rydyn ni'n mynd i gymryd y cwch bach a glanio yn Venezuela."

"Peidiwch â siarad lol, Falk," atebodd y Cymro. "Fydd dim croeso i chi yn Venezuela. Byddwch chi'n treulio gweddill eich bywyd yn y carchar."

"Na fyddwn," meddai Falk. "Oherwydd bydd eich ffrind, y Sbaenes 'na, yn dod gyda ni. Bydd llywodraethwr Torrenueva'n hapus iawn i'w gweld hi. Nawr ewch i nôl Teresa Alba, neu fe fyddwn ni'n lladd y Lifftenant."

wynebu *to face*	awdurdodol *authoratitive*
arwain *to lead*	cwch *boat*
gwrthryfelwr *mutineer*	treulio *to spend*
dwylo *hands*	gweddill *remainder*
clymu *to tie*	llywodraethwr *governor*
cleddyf *sword*	ewch i nôl *go and fetch*

Tra oedd e'n siarad, roedd Dick Penny wedi codi ei ddagr at wddf Llifftenant Hayes.

"Dydyn ni ddim yn chwarae gêm, Vaughan," meddai Penny gan wenu'n oer.

Trodd y Cymro at Jacob Falk, a thynnu ei gleddyf.

"Gadewch i ni setlo'r mater yma rhwng y ddau ohonon ni, Jacob," meddai. "Does dim rhaid i neb arall farw."

Gwenodd Jacob Falk. Roedd e'n gleddyfwr da. Tynnodd e ei gleddyf hefyd.

Roedd Llifftenant Dickens yn siŵr bod y Cymro wedi gwneud camgymeriad yn herio Jacob Falk, ond doedd Robert Vaughan ddim yn dwp. Dysgodd Vaughan ddefnyddio cleddyf pan oedd e'n ifanc iawn, ac fe gafodd diwtor da – roedd ei dad yn gleddyfwr disglair yn y fyddin. Cyn bo hir roedd chwys a gwaed yn llifo i lawr corff Jacob Falk. Tro Vaughan oedd hi i wenu nawr.

Yn sydyn, gwelodd Llifftenant Dickens fod Dick Penny'n codi ei bistol a'i anelu at gefn Vaughan. Gwaeddodd Dickens rybudd uchel, a neidiodd y Cymro i un ochr. Taniodd y pistol heb niweidio neb. Trodd Vaughan a sylwi ar Dick Penny'n syrthio i'r dec gan besychu a dal ei frest. Sylweddolodd fod Pumfrey wedi taflu dagr at y gwrthryfelwr a tharo ergyd farwol.

Pan sylweddolodd Jacob Falk fod ei ffrind wedi marw, taflodd ei gleddyf i'r llawr. Roedd e wedi cael digon. Roedd e'n waed i gyd, ond doedd e heb gyffwrdd â'r Cymro o gwbl. Taflodd y gwrthryfelwyr i gyd eu harfau i lawr.

camgymeriad *mistake*	anelu *to aim*
herio *to challenge*	niweidio *to injure*
disglair *brilliant*	syrthio *to fall*
y fyddin *the army*	pesychu *to cough*
chwys *sweat*	ergyd farwol *fatal blow*
gwaed *blood*	cyffwrdd *to touch*

"Beth ydyn ni'n mynd i'w wneud gyda nhw?" gofynnodd Pumfrey. "Eu crogi nhw?"

Meddyliodd Robert Vaughan am Teresa Alba. Doedd e ddim am grogi neb tra oedd merch ar fwrdd y ffrigad.

"Nage," meddai wrth Pumfrey. "Fe wnawn ni rafft iddyn nhw. Dydyn ni ddim yn bell iawn o'r tir sych."

"Wel, beth am Jacob Falk?" gofynnodd Lifftenant Dickens. "Mae e'n haeddu marw – roedd e'n barod i ladd Hayes."

Trodd y Cymro ato.

"Gadewch iddo fynd ar y rafft gyda'r lleill," meddai gan wenu'n eironig. "Fe fydd eisiau arweinydd arnyn nhw os byddan nhw'n mynd i chwilio am El Dorado!"

crogi *to hang*
haeddu *to deserve*

10

Ychydig ddyddiau'n ddiweddarach cyrhaeddodd y ffrigad fach borthladd Torrenueva yn Venezuela. Penderfynodd Lifftenant Vaughan ollwng angor o gyrraedd gynnau mawr y castell oedd yn edrych dros yr harbwr.

"Rwy'n mynd i'r harbwr yn y cwch," meddai wrth y ddau lifftenant arall, Dickens a Hayes. "Fe fyddaf i'n mynd â Teresa a dau forwr arall gyda mi, a byddwn yn hedfan baner wen."

"Rydych chi'n cymryd siawns," atebodd Hayes. "Cofiwch fod y rhyfel yn parhau rhwng Prydain a Sbaen."

"Rydyn ni wedi helpu Teresa Alba," atebodd y Cymro. "Diolch i Gapten Simcox, mae hi wedi cyrraedd Torrenueva'n ddiogel, a nawr mae eisiau help ar Simcox. Rwy'n siŵr na fydd y ferch yn ein siomi."

"Byddwch yn ofalus," meddai Dickens. "Mae llywodraethwr y porthladd yn sarff o ddyn."

"Dyna pam bydd y Capten yn aros yn y *Keswick* am y tro," atebodd Vaughan. "Dydw i ddim eisiau ei roi e mewn perygl."

Roedd swyddog a grŵp o filwyr yn aros ar y cei wrth iddyn nhw lanio. Gwenodd y swyddog ar y ferch.

"Señorita Alba?"

"Ie. Teresa Alba ydw i," atebodd y Sbaenes.

ychydig *several*	parhau *to continue*
porthladd *port*	siomi *to disappoint*
penderfynu *to decide*	llywodraethwr *governor*
gollwng angor *drop anchor*	sarff *snake*

"Rydyn ni wedi bod yn poeni amdanoch chi," meddai'r swyddog. "Doedden ni ddim yn disgwyl i chi ddod yma mewn llong o Brydain!"

"Ydy Felipe Carrera yma?" gofynnodd Teresa.

Petrusodd y swyddog am eiliad.

"Nac ydy," atebodd e. "Ond 'dyw e ddim yn bell i ffwrdd."

"Pryd fydda i'n cwrdd â Felipe?" gofynnodd y ferch.

"O, cyn bo hir, siŵr o fod," meddai'r swyddog. "Ond yn gyntaf, mae'r llywodraethwr yn eich gwahodd chi i fwyta gyda fe yn y castell."

Trodd e at Robert Vaughan, oedd yn sefyll wrth ochr Teresa.

"Mae rhaid i chi ddod hefyd, Lifftenant," meddai wrth y Cymro. "Fe fydd y llywodraethwr, Señor Matute, yn awyddus i glywed eich stori."

"Mae capten y ffrigad wedi'i anafu'n ddifrifol," meddai Teresa Alba wrth y swyddog. "Mae e wedi bod yn garedig wrtha i. Hoffwn iddo gael triniaeth yma yn Torrenueva."

"Wrth gwrs," atebodd y swyddog. "Anfonwch y cwch i'w nôl e. Fydd dim problem o gwbl."

Cychwynnodd y cwch ar ei ffordd yn ôl i'r *Keswick*. Yn sydyn, meddyliodd Robert Vaughan am ei ffrindiau ar fwrdd y ffrigad fach. Ond yna sylwodd e fod Teresa'n gwenu arno.

"Mae'r milwyr eisiau i ni eu dilyn nhw lan y ffordd i'r castell," meddai hi. "Dewch, Roberto, dewch."

petruso *to hesitate*   anafu *to wound*
gwahodd *to invite*   triniaeth *treatment*
awyddus *eager*

LLYFRGELL COLEG MENAI LIBRARY

11

Aeth y milwyr â'r Cymro a'r Sbaenes lan y bryn ac i mewn i'r castell trwy borth mawr cadarn.

Roedd llywodraethwr Torrenueva'n aros amdanyn nhw mewn neuadd fawr. Eisteddai ar ei ben ei hun wrth fwrdd yng nghanol y neuadd. Dyn bach tywyll oedd e, ac roedd ganddo fwstás du; roedd ei lygaid e'n siarp, a gwên fach eironig ar ei wefusau.

"Croeso i Torrenueva," meddai wrthyn nhw. "Carlos Matute ydw i, llywodraethwr y porthladd. Eisteddwch; bwytewch."

Edrychodd Robert Vaughan o'i gwmpas a gweld bod dyn arfog yn sefyll wrth bob drws. Roedd yn amlwg bod Carlos Matute yn ddyn gofalus iawn.

Tra oedden nhw'n bwyta dechreuodd Teresa Alba ofyn cwestiynau i'r llywodraethwr.

"Rwy i fod i gwrdd â dyn o'r enw Felipe Carrera," meddai hi. "Ydych chi'n ei nabod e, Señor Matute?"

"Ydw," atebodd y llywodraethwr. "Mae pawb yn yr ardal yn nabod Felipe Carrera."

"Wnewch chi anfon neges ato i ddweud fy mod i wedi cyrraedd Venezuela?"

Rhoddodd Matute ei wydr i lawr ar y bwrdd. "Gwnaf,"

porth *gate*   arfog *armed*
neuadd *hall*   gwydr *glass*
gwefus(au) *lip(s)*

34

atebodd e. "Ond fydd Felipe ddim yn dod yma."

Syllodd y ferch arno fe. "Ond pam?" gofynnodd hi. "Yn ôl y swyddog …"

"Dyw'r swyddog yn gwybod dim," meddai'r llywodraethwr yn llym. "Mae Felipe Carrera wedi bod yn cynllwynio yn erbyn llywodraeth Sbaen. Mae'n ddyn peryglus."

Trodd Teresa at Robert Vaughan. Roedd hi'n edrych yn anhapus iawn.

"A chi, Señor Lifftenant," meddai Carlos Matute, "ydych chi'n mynd i ddweud wrtho i sut cwrddoch chi â Señorita Alba? Ydych chi wedi suddo un o'n llongau ni?"

Siglodd y Cymro ei ben, ac aeth ymlaen i ddweud y stori i gyd. Ar ôl gwrando ar y stori, trodd Carlos Matute at y Sbaenes.

"Ydy'r lifftenant yn dweud y gwir, Señorita?" gofynnodd.

"Ydy, mae pob gair yn wir," atebodd y ferch.

"Dydw i ddim yn siŵr am hynny," meddai Matute yn oeraidd. "Roedd un o'n llongau ni ar ei ffordd i Torrenueva, ac mae hi wedi diflannu. Roeddech chi'n teithio ar y llong yna, Señorita Alba, ond fe gyrhaeddoch chi yma mewn llong Brydeinig. On'd ydy hynny'n rhyfedd?"

Cochodd y ferch.

"Dydw i ddim yn dweud celwydd, Señor Matute," meddai hi'n llym. "A dydy Roberto ddim yn dweud celwydd chwaith."

"O! Roberto …" meddai'r llywodraethwr gan wenu. "Rwy'n gweld eich bod chi'n hoffi'r Lifftenant yn fawr. Wel, dydw i ddim yn hoffi'r Prydeinwyr o gwbl. Fe fydd rhaid i'ch lifftenant chi aros yng ngharchar y castell nes i'n llong ni ailymddangos!"

yn llym *sharply*	diflannu *to disappear*
cynllwynio *to plot*	cochi *to blush*
peryglus *dangerous*	celwydd *lie*
suddo *to sink*	carchar *prison*
gwir, *true truth*	ailymddangos *reappear*

12

Er bod Lifftenant Vaughan yn gwisgo'i gleddyf, ni allai wneud dim gan fod gormod o filwyr yn y neuadd. Aeth pâr o filwyr â fe drwy goridorau hir y castell ac i fyny grisiau'r tŵr, i gelloedd y carchar.

"Pwy yw hwn?" gofynnodd ceidwad y carchar pan gyrhaeddon nhw ail lawr y tŵr.

"Morwr o Brydain," atebodd un o'r milwyr. "Gofalwch amdano. Swyddog yw e; efallai bydd rhywun yn barod i dalu pridwerth amdano."

"Mae digon o le iddo fe yma," meddai'r ceidwad. "Cafodd hanner dwsin o garcharorion eu crogi ddoe yn iard y castell. Dim ond un carcharor sydd ar ôl. Rwy'n mynd i'w rhoi nhw yn yr un gell. Fel yna, fe alla i gadw llygad arnyn nhw."

"Os bydd Señor Matute yn cael gafael ar weddill criw y ffrigad, bydd eich celloedd chi i gyd yn llawn," chwarddodd y milwr arall.

Gwthiodd y ceidwad Robert Vaughan i gyfeiriad cell lle roedd llanc ifanc yn gorwedd ar fync pren. Roedd y ceidwad yn ddyn tew, ac arogl gwin ar ei anadl e. Agorodd e ddrws y gell

gormod *too many*	gweddill *remainder*
pâr *pair*	chwarddodd *laughed*
tŵr *tower*	gwthio *to push*
celloedd *cells*	gorwedd *to lie down*
ceidwad *jailer*	tew *fat*
pridwerth *ransom*	arogl *smell*
digon *enough, plenty*	anadl *breath*

gydag allwedd a gwthio'r Cymro i mewn cyn cau'r drws eto gyda chlep.

Yn y cyfamser, nid oedd y ddau filwr wedi symud.

"Wel," meddai'r ceidwad, "does dim gwaith 'da chi i'w wneud?"

"Mae syched arnon ni," meddai un o'r milwyr gan wenu. "Oes gwin 'da chi, Jaime?"

"Nac oes," atebodd y ceidwad yn llym. "Nawr baglwch hi!"

Wedi i'r ddau filwr ddiflannu, aeth y ceidwad at gwpwrdd yng nghornel yr ystafell ac estyn poteleid o win. Yna setlodd yn ei gadair a dechrau yfed. Cyn bo hir roedd e'n cysgu fel baban.

Cododd y dyn ifanc o'i fync a cherdded o gwmpas y gell fach. Yna trodd at y carcharor newydd.

"Felly, Prydeinwr ydych chi?" gofynnodd yn Sbaeneg.

"Ie," atebodd y llfftenant. "Robert Vaughan yw fy enw i; rwy'n aelod o griw y ffrigad sydd ar angor yn y bae."

"Fe fydd rhaid i'ch ffrindiau chi fod yn ofalus," meddai'r Sbaenwr. "Mae Carlos Matute yn ddyn milain. Gyda llaw, sut daethoch chi yma? Ysbïwr ydych chi?"

"Nage," atebodd y Cymro. "Fe ddes i yma gyda merch o'r enw Teresa Alba. Mae hi i fod i briodi dyn lleol. Aeth ei llong hi ar dân, felly roedd rhaid iddi hi symud i'r ffrigad. Fe ddes i â hi i Torrenueva dan faner wen, ond dyma fi yn y carchar!" Roedd llais y Cymro'n chwerw.

"Dyw Carlos Matute ddim yn parchu rheolau rhyfel," meddai'r Sbaenwr. "Ond, dywedwch wrtha i. Sut ferch yw Teresa Alba?"

allwedd *key*	ysbïwr *spy*
clep *slam*	parchu *to respect*
baglwch hi! *get lost!*	rheolau *rules*
milain *nasty*	

Meddyliodd Vaughan am foment. "Mae hi'n ferch ffein," atebodd. "Merch brydferth a charedig. Mae ei chariad hi yn ddyn lwcus iawn."

"Ydych chi'n meddwl, Señor?" meddai'r carcharor gyda gwên fach drist. "Fi yw Felipe Carrera …"

Yn y cyfamser, ar fwrdd y ffrigad, roedd Jacka y llawfeddyg mewn penbleth.

"Mae'r Capten wedi newid ei feddwl," meddai e wrth Lifftenant Dickens. "Mae e'n gwrthod gadael y *Keswick*. Ond mae e'n rhy sâl i aros yma."

"Fe af i lawr i'w gaban e a chael gair gyda fe," atebodd y lifftenant. "Hayes, arhoswch ar y dec a chadwch lygad ar yr harbwr. Tybed ble mae Vaughan? Mae'n mynd yn hwyr, a dyw e ddim wedi dod i lawr o'r castell eto."

Aeth e lawr i gaban y capten. Gorweddai Simcox ar ei fync.

"O, Dickens," meddai. "Ydy Lifftenant Vaughan wedi dod yn ôl? Rwy'n dechrau poeni amdano."

"Mae'r llawfeddyg yn poeni amdanoch chi hefyd, Syr," meddai'r lifftenant. "Mae e eisiau i chi fynd i Torrenueva yn y cwch bach a chael triniaeth yno."

Siglodd y capten ei ben.

"Rydw i wedi bod yn meddwl, Dickens," atebodd e. "Mae'n well 'da fi farw ar y *Keswick* na byw ar dir sy'n perthyn i'n gelynion ni."

Ochneidiodd y lifftenant. Gwyddai fod Capten Simcox yn bengaled iawn.

penbleth *quandary*   siglo to shake
gwrthod *to refuse*   perthyn *to belong*
cadw llygad *keep an eye*   ochneidio *to sigh*
triniaeth *treatment*

"Rwy'n poeni am Vaughan hefyd, Syr. Gobeithio daw e'n ôl i'r harbwr cyn bo hir a galw am y cwch."

"Ydyn ni allan o gyrraedd gynnau mawr y Sbaenwyr?" gofynnodd y capten yn sydyn.

"Ydyn, Syr. Mae'r ffrigad yn ddiogel yma."

"Arhoswch yma nes i'r Cymro ddod yn ôl," meddai Simcox. "Ond byddwch yn ofalus rhag ofn i'r Sbaenwyr ddod mewn cychod bach ac ymosod arnon ni yn ystod y nos."

"Iawn, Capten," meddai Dickens. "Peidiwch â phoeni am ddim."

Aeth y dyddiau heibio'n araf iawn yng ngharchar y tŵr yn Torrenueva. Yna, un bore, clywodd Robert Vaughan leisiau'n siarad Saesneg yn yr iard ar waelod y tŵr. Edrychodd allan trwy farrau'r ffenestr a gweld grŵp o forwyr yn sefyll mewn rhes wrth wal yr iard. Roedd e'n nabod y morwyr yn dda; dyma'r rhai adawodd y *Keswick* ar y rafft gyda Jacob Falk, ond doedd dim golwg o Falk nawr.

Daeth Felipe Carrera i sefyll wrth ochr y Cymro.

"Maen nhw'n siarad Saesneg," meddai. "Ydych chi'n eu nabod nhw?"

Nodiodd y llifftenant ei ben. "Ydw," atebodd e'n dawel. "Rwy'n eu nabod nhw'n dda."

Yn sydyn clywon nhw ergydion, a dechreuodd y Prydeinwyr syrthio i'r ddaear.

Roedd rhaid i'r Cymro droi i ffwrdd o'r ffenestr. Er bod y morwyr wedi gwrthryfela yn erbyn swyddogion y ffrigad, doedden nhw ddim yn haeddu marw fel yna. Sylweddolodd e

rhes *row*	gwrthryfela *to mutiny*
gadawodd *left*	haeddu *to deserve*
ergydion *shots*	

fod y ceidwad wedi dod i sefyll wrth ddrws y gell. Roedd e'n gwenu fel plentyn.

"Fe fyddwch chi'n falch o glywed fod un o'r Prydeinwyr yn fyw o hyd," meddai'r ceidwad. "Jacob Falk yw ei enw e. Mae e'n ffefryn gan y llywodraethwr, oherwydd ei fod wedi bradychu'r lleill i'n milwyr ni."

ffefryn *favourite*
bradychu *to betray*

14

Nid oedd Lifftenant Robert Vaughan a Felipe Carrera yn dweud llawer wrth ei gilydd, gan fod ceidwad y carchar yn gwrando ar bob gair. Roedd rhaid iddyn nhw ddisgwyl iddo gysgu yn y nos, neu yn y dydd gyda chymorth potelaid o win. Dim ond un ceidwad oedd yn gyfrifol am y carchar; roedd e'n byw yno trwy'r amser fel y carcharorion, ac o bryd i'w gilydd byddai milwyr yn galw arno i wneud yn siŵr bod popeth yn iawn.

Ar ôl y saethu yn yr iard, gofynnodd y Cymro i Felipe Carrera: "Ydych chi'n meddwl y byddan nhw'n ein lladd ni hefyd?"

Cododd y Sbaenwr ifanc ei ysgwyddau.

"Os bydd rhywun yn barod i dalu pridwerth amdanoch chi," meddai, "dydych chi ddim mewn perygl. Mae Carlos Matute yn dwlu ar arian."

"Beth amdanoch chi?" gofynnodd Robert.

"Rwy'n ddiogel ar hyn o bryd achos mae llawer o gefnogwyr 'da fi yn yr ardal," atebodd Felipe. "Pobl sy'n barod i farw dros ryddid ac annibyniaeth ydyn nhw, fel fi. Ond os bydd Napoleon yn ennill y rhyfel yn Ewrop fe fydd e'n anfon

ei gilydd *each other*	diogel *safe*
gyda chymorth *with the aid of*	cefnogwyr *supporters*
cyfrifol *responsible*	rhyddid ac annibyniaeth *freedom*
galw *to call*	*and independence*
saethu *to shoot*	

milwyr Ffrainc yma i gefnogi milwyr y llywodraethwr. Yna, fe fydd Carlos Matute yn teimlo'n ddigon hyderus i'm lladd i, a fy ffrindiau i hefyd."

"Felly, mae rhaid i ni ddianc cyn gynted â phosibl," meddai'r Cymro.

Gwenodd y Sbaenwr yn drist.

"Rhaid," cytunodd e. "Ond sut?"

"Wn i ddim," meddai'r llifftenant ifanc, "ond does dim byd yn amhosibl. Oes ffordd allan o'r tŵr heb fynd trwy'r castell?"

Meddyliodd Felipe am rai eiliadau.

"Pan oeddwn i'n blentyn, roeddwn i'n dod yma gyda fy ewythr, oedd yn filwr," meddai.

"Doedd dim carchar yma bryd hynny. Roeddwn i'n dod i'r tŵr i chwarae gyda phlant yr hen lywodraethwr. Roedd ffenestr ar ben y tŵr. Pan oedd y llanw i mewn roedd yn bosibl neidio neu blymio i mewn i'r dŵr gan osgoi'r creigiau."

Syllodd Robert Vaughan arno.

"Ydych chi'n meddwl y gallwn ni ddianc trwy'r ffenestr 'na?" gofynnodd.

"Yn gyntaf, bydd rhaid i ni ddianc o'r gell yma," atebodd y Sbaenwr ifanc. "Ac fe fydd rhaid i ni ddianc yn y nos, rhag ofn i filwyr Carlos Matute ein gweld ni. Ond peidiwch ag anghofio'r creigiau …"

Ond roedd y Cymro wedi penderfynu'n barod.

"Gwrandewch, Felipe," meddai wrth y Sbaenwr. "Mae rhaid i ni chwilio am ffordd i dwyllo'r ceidwad."

"Oes," cytunodd y Sbaenwr. "Ond sut?"

hyderus *confident*	osgoi *to avoid*
dianc *to escape*	creigiau *rocks*
amhosibl *impossible*	twyllo *to trick*
ewythr *uncle*	cytuno *to agree*
plymio *to dive*	

15

Deffrodd ceidwad y carchar yn sydyn. Roedd hi'n dywyll ac ni allai weld llawer yng ngolau gwan y lamp. Gwyddai ei fod wedi clywed sŵn yn y gell. Cododd ar ei draed gan gwyno dan ei anadl, ac aeth i edrych trwy farrau'r gell.

"Bobl bach!" gwaeddodd e. "Maen nhw'n ceisio lladd ei gilydd!"

Roedd Lifftenant Robert Vaughan yn gorwedd ar ei fync, ac roedd Felipe Carrera'n ceisio ei dagu.

"Peidiwch," gwaeddodd y ceidwad. "Peidiwch!"

Rhedodd e'n ôl i'w ddesg i nôl ei allweddi, yna rhuthrodd e'n ôl at y gell ac agor y drws. Gafaelodd ym mraich y Sbaenwr a cheisio ei dynnu e i ffwrdd, ond trodd Felipe yn sydyn a rhoi ergyd iddo ar ei ên. Roedd y ceidwad bron â syrthio; cododd Robert Vaughan yn gyflym a rhoi ergyd arall iddo. Y tro yma roedd yr ergyd yn derfynol, a syrthiodd y ceidwad i'r llawr yn anymwybodol.

"Brysiwch," meddai Felipe Carrera. "Mae'r drws acw yn arwain at y grisiau."

deffro *to awake*	gafael *to get hold of*
ni allai *he was not able*	ergyd *blow*
gwan *weak*	gên *jaw*
dan ei anadl *under his breath*	bron *almost*
Bobl bach! *Good grief!*	terfynol *final*
tagu *to choke*	anymwybodol *unconscious*
allweddi *keys*	arwain at *to lead to*
rhuthro *to rush*	

Yn ffodus, doedd y drws ddim ar gau, ond roedd y grisiau'n serth iawn. Dechreuodd y lifftenant ddringo yn y tywyllwch, ond roedd Felipe yn anadlu'n drwm yn barod. Roedd y Sbaenwr ifanc wedi treulio gormod o amser yn y carchar.

Clywson nhw leisiau islaw.

"Jaime … Jaime?"

Roedd milwyr y castell wedi clywed rhywbeth ac roedden nhw'n dringo'r grisiau gan weiddi enw'r ceidwad. Trodd y Cymro at y Sbaenwr.

"Rhowch eich llaw i mi," meddai. "Mae rhaid i ni frysio."

Dechreuodd e dynnu Felipe ar ei ôl. Doedd e ddim yn mynd i'w adael yno. Pan gyrhaeddon nhw'r ffenestr ar ben y tŵr roedd eu coesau'n wan.

"Diolch byth," meddai Felipe. "Does dim barrau ar y ffenestr."

Ond roedd Robert Vaughan yn edrych i lawr i'r tywyllwch. Gallai glywed y tonnau'n torri ar y creigiau, ond ni allai weld dim am nad oedd golau lleuad i'w helpu. Yn y cyfamser roedd lleisiau'r milwyr yn agosáu.

"Neidiwch!" meddai Felipe Carrera wrtho. "Does dim dewis 'da ni."

Pan welodd e fod y Cymro'n petruso, gwthiodd Felipe e'n sydyn yn ei gefn a syrthiodd y Cymro fel carreg. Y foment nesaf, roedd e dan y dŵr, yn ceisio dal ei anadl.

Pan gododd ei ben o'r tonnau, tynnodd e anadl drom. Gallai weld creigiau o'i gwmpas ymhobman; roedd e wedi bod yn

serth *steep*	ton(nau) *wave(s)*
tywyll(wch) *dark(ness)*	golau lleuad *moonlight*
anadlu *to breathe*	petruso *to hesitate*
tynnu *to pull*	ymhobman *everywhere*

lwcus. Clywodd leisiau yn dod o'r tŵr. Roedd y milwyr wedi cyrraedd at y ffenestr.

Ond beth am Felipe Carrera? Oedd e wedi neidio, neu oedd e wedi ei ddal gan y milwyr? Oedd e wedi glanio ar y creigiau?

"Felipe ... Felipe!" gwaeddodd Vaughan, ond doedd dim ateb.

Ddylai e ddim aros mor agos at y tir. Byddai milwyr Matute yn sicr o ddod i chwilio amdano mewn cwch cyn bo hir. Roedd rhaid iddo ymuno â'i griw eto. Trodd ei gefn ar yr harbwr a dechrau nofio i gyfeiriad y *Keswick*.

ymuno *to join*

16

Pan dynnodd morwyr y ffrigad Lifftenant Robert Vaughan o'r dŵr, roedd y Cymro wedi blino'n lân.

"Mae rhaid i chi sychu eich hunan," meddai Jacka wrtho. "Yna, yn syth i'r gwely, neu fe fydd gwres arnoch chi yn y bore."

"Sut mae'r Capten?" gofynnodd y Cymro.

"Dydy e ddim yn dda iawn," atebodd Jacka. "Gwrthododd e fynd i'r porthladd i gael triniaeth."

"Diolch byth!" meddai Vaughan. "Fe fyddai wedi marw yn y carchar erbyn hyn. O leiaf mae e ymhlith ffrindiau yma ar y *Keswick.*"

Er gwaethaf rhybudd y llawfeddyg, aeth Robert Vaughan ddim yn syth i'r gwely. Roedd e eisiau siarad â'r ddau lifftenant arall, Dickens a Hayes. Dywedodd wrthyn nhw beth ddigwyddodd yn Torrenueva.

"Fe hoffwn i dalu'r pwyth yn ôl i'r llywodraethwr 'na," meddai Dickens, "ond dydyn ni ddim yn ddigon cryf i ymosod ar y castell. Rhaid i ni chwilio am help."

"Bydd," cytunodd Lifftenant Hayes. "Ond nawr mae rhaid i Vaughan fynd i'r gwely …"

tynnu *to pull*	er gwaethaf *despite*
blino'n lân *to exhaust*	rhybudd *warning*
gwrthod *to refuse*	talu'r pwyth yn ôl *to pay back*
ymhlith *amongst*	ymosod *to attack*

Roedd Robert Vaughan yn breuddwydio am Sir Benfro a Teresa Alba pan glywodd e rywun yn gweiddi o gyfeiriad y môr.

"Ho'r llong! Ho'r llong!"

Deffrodd Vaughan yn sydyn. Neidiodd o'r gwely a gwisgo'i grys a'i drowsus yn gyflym cyn rhedeg i fyny i'r dec. Roedd y *Keswick* wedi codi angor, ac ar ei ffordd allan o'r bae wedi i long ryfel fawr ymddangos ar y gorwel. Roedd Dickens wedi rhoi'r gorchymyn i baratoi at y frwydr.

"Pwy ydyn nhw?" gofynnodd Robert Vaughan.

Estynnodd Dickens y telesgop iddo.

"Edrychwch," meddai wrth y Cymro.

Cododd Vaughan y telesgop i'w lygad.

"Diawl," meddai. "Llong ryfel o Ffrainc yw hi!"

"Ie," meddai Lifftenant Hayes. "Mae Pumfrey'n paratoi'r gynnau. Dydyn ni ddim yn mynd i ildio."

Gwenodd y Cymro ar y lifftenant ifanc.

"Da iawn, Hayes," meddai. "Rydych chi'n dechrau siarad fel Capten Simcox!"

Ond lawr ar ddec y gynnau doedd y bosn, Pumfrey, ddim yn gwenu. Roedd ei ddynion yn paratoi'r gynnau'n gyflym; roedden nhw i gyd yn gwybod bod y llong ryfel fawr yn hwylio'n syth atyn nhw, ac yn bwriadu anfon y *Keswick* i waelod y môr.

Ho'r llong! *Ship ahoy!*   estyn *to pass*
codi angor *to raise anchor*   diawl *devil*
ymddangos *to appear*   bwriadu *to intend*
brwydr *battle*

17

Pan glywodd Teresa Alba sŵn y gynnau yn y bae, rhedodd at y ffenestr ac edrych allan. Cododd Marta, ei gwarchodwraig, o'i chadair ac ymuno â hi. Roedd Carlos Matute wedi dod â'r hen wraig i'r castell i gadw llygad ar y ferch; roedd hi'n byw yn yr un ystafell â Teresa, ac yn y nos cysgai yn yr un ystafell wely.

"Beth sy'n digwydd?" gofynnodd Marta. Roedd Teresa'n edrych yn bryderus iawn.

"Mae llong fawr yn ymosod ar y Prydeinwyr," atebodd y ferch. "Maen nhw'n …"

Agorodd drws yr ystafell a daeth y llywodraethwr i mewn. Roedd e'n gwenu fel plentyn.

"Mae eich ffrindiau chi mewn trybini," meddai wrth Teresa. "Mae'r Ffrancwyr yn mynd i'w suddo nhw."

O leiaf, mae Roberto'n ddiogel yng ngharchar y castell, meddyliodd y ferch.

Ond yna cafodd hi sioc.

"Neithiwr fe geisiodd dau garcharor ddianc o'r tŵr," meddai Carlos Matute, fel pe bai'n darllen ei meddwl. "Eich ffrind y lifftenant oedd un ohonyn nhw, a'ch cariad chi, Felipe Herrera oedd y llall."

---

gwarchodwraig
   chaperone, *guard (f)*
pryderus *anxious*

trybini *trouble*
suddo *to sink*
diogel *safe*

49

Edrychodd Teresa arno'n syn. Gwenodd Matute.

"Roeddwn i wedi anghofio sôn wrthoch chi am Felipe Herrera," meddai. "Mae e wedi bod yn y carchar ers misoedd. Dynion peryglus oedd y ddau – fe a'r Prydeiniwr na, Vaughan."

Trodd y ferch a syllu arno.

"Oedd …?" meddai hi.

"Oedd," atebodd Matute. "Fe neidion nhw o ffenestr ar ben y tŵr. Fe gawson nhw eu lladd ar y creigiau, mwy na thebyg, neu eu boddi yn y môr. Ond os cyrhaeddon nhw'r ffrigad, maen nhw'n mynd i farw nawr beth bynnag …"

Roedd gynnau'r llong ryfel yn fwy na gynnau'r *Keswick*. Cyn bo hir roedd cawod o belenni canon yn glanio ar ddec y ffrigad, ac yn achosi llawer o niwed.

"Does dim gobaith 'da ni fel hyn," meddai Robert Vaughan wrth y ddau lifftenant arall. "Mae rhaid i ni ffoi."

"Rhaid," cytunodd Dickens. Roedd mwg yn codi o bobman o'u cwmpas nhw. "Ond sut? Maen nhw'n rhwystro ein ffordd ni allan o'r bae."

"Rhaid dilyn y glannau," atebodd y Cymro.

"Ond beth am y creigiau?" meddai Lifftenant Hayes. "Mae'n rhy beryglus …"

"Fe fydd yn fwy peryglus byth i'r llong ryfel," meddai Vaughan. "Fydd dim digon o le iddi hi fynd rhwng y creigiau."

"Rydych chi'n iawn, Vaughan," meddai Dickens. "Mae rhaid i ni gymryd siawns. Does dim dewis 'da ni."

sôn *to speak*	niwed *damage*
syllu *to stare*	pobman *everywhere*
boddi *to drown*	rhwystro *to block*
pelenni canon *cannon balls*	glannau *coast*
achosi *to cause*	perygl(us) *danger(ous)*

Pan welodd y Ffrancwyr beth oedd yn digwydd, fe geision nhw droi a dilyn y *Keswick*. Ond cyn bo hir roedden nhw wedi sylwi ar y perygl.

"Maen nhw'n troi i ffwrdd," meddai Lifftenant Dickens yn gyffrous. "Gyda thipyn o lwc, rydyn ni'n mynd i ddianc!"

Roedd y Cymro'n gweddïo'n dawel. Aeth y *Keswick* rhwng y creigiau'n ddiogel, ac yna roedd y môr agored o'u blaen. Teimlai'r tri lifftenant yn hapusach erbyn hyn.

"Rydyn ni'n ddiogel," meddai Hayes gan wenu'n llydan.

Daeth Pumfrey, y bosn, i fyny'r grisiau.

"Mae gormod o dyllau yn ochr y ffrigad, Lifftenant," meddai wrth y Cymro. "Os bydd y tywydd yn gwaethygu, bydd y *Keswick* yn sicr o suddo."

Aeth cryndod drwy gorff y Cymro. Roedd cymylau du iawn ar y gorwel, a'r gwynt yn dechrau codi …

gweddïo *to pray*
cryndod *shiver*
cwmwl *cloud*
gorwel *horizon*

18

Erbyn y prynhawn, chwythai'r gwynt yn gryf iawn, ac roedd hi'n bwrw hen wragedd a ffyn. Roedd y tonnau uchel yn gyrru'r dŵr i mewn drwy'r tyllau yn ochr y ffrigad.

Aeth Robert Vaughan i lawr i gaban Capten Simcox. Roedd y capten yn gorwedd ar ei fync, a'i wyneb e'n wyn.

"Sut mae pethau ar y dec, Lifftenant?" gofynnodd y Capten.

"Ddim yn dda, Syr," atebodd y Cymro. "Fydd Pumfrey ddim yn gallu cadw'r dŵr allan yn hir. Rydyn ni'n suddo'n araf."

"Beth ydych chi'n mynd i wneud, Vaughan?"

"Rydyn ni'n anelu at fae cyfagos," atebodd y lifftenant. "Rydyn ni'n mynd i adael y *Keswick* a nofio tua'r tir sych. Mae lle yn y cwch bach i chi ac i rai o'r morwyr a anafwyd yn y frwydr y bore 'ma."

Siglodd y capten ei ben. "Anghofiwch amdanaf fi," meddai Simcox.

"Ond pam?" gofynnodd y Cymro.

"Wna i byth adael y ffrigad," meddai Simcox. "Mae'r *Keswick* yn gartref i mi, ac yma rwy'n mynd i farw …"

Drannoeth cyrhaeddodd negesydd i borthladd Torrenueva.

erbyn *by*

bwrw hen wragedd a ffyn *to rain cats and dogs*

suddo *to sink*

anelu *to aim*

cyfagos *nearby*

brwydr *fight*

negesydd *messenger*

52

Roedd e'n dod â neges i'r llywodraethwr.

"Mae llong Brydeinig wedi suddo mewn bae bum milltir i ffwrdd o Torrenueva, Señor," meddai.

Roedd llygaid Carlos Matute'n disgleirio.

"Ydyn nhw i gyd wedi boddi?" gofynnodd.

"Nac ydyn, Señor. Roedden nhw'n lwcus. Dyw'r bae ddim yn ddwfn iawn. Fe lwyddodd llawer ohonyn nhw i gyrraedd y tir sych. Mae hen bentref ar ben bryn ger y bae, a dim ond adfeilion sydd ar ôl yno. Mae'r Prydeinwyr yn cuddio yn yr adfeilion hynny."

"Oes arfau 'da nhw?" gofynnodd Matute.

"Mae rhai yn cario gynnau," atebodd y negesydd, "ond dydw i ddim yn meddwl bod powdr sych 'da nhw. Mae'r lleill yn cario cleddyfau neu gyllyll."

Trodd y llywodraethwr at un o'i filwyr.

"Ewch i nôl capten llong ryfel Ffrainc," gorchmynnodd Matute.

Awr yn ddiweddarach, roedd capten y llong ryfel a llywodraethwr y porthladd yn rhannu potelaid o sieri gyda'i gilydd.

"Mae cwmni o fôr-filwyr 'da fi ar y llong, Señor," meddai'r Ffrancwr. "Fe fyddan nhw'n ymuno â'ch milwyr chi i ymosod ar y Prydeinwyr. Bydd ein gynnau mawr yn dinistrio'r pentref yn gyflym iawn, ac yna fe fydd y Prydeinwyr mewn trap rhwng ein milwyr ni ar y tir a'r llong ryfel yn y bae. Fydd dim ffordd allan iddyn nhw."

Gwenodd Carlos Matute arno.

disgleirio *to shine*	cyllyll *knives*
llwyddo *to succeed*	rhannu *to share*
adfeilion *ruins*	ymuno *to join*
arf *weapon*	dinistrio *to destroy*
cleddyfau swords	

"Does dim brys o gwbl, Monsieur," meddai. "Fel rydych chi'n dweud, mae'r Prydeinwyr wedi eu dal. Rwy'n mynd i roi cyfle iddyn nhw ildio heb ymladd. Yna rwy'n mynd i'w crogi nhw yn iard y castell."

Llanwodd e wydryn y capten eto.

"Gyda llaw," meddai, "mae gwrthryfelwyr yn crwydro'r wlad. Mae eu pennaeth, Felipe Carrera, wedi marw'n ddiweddar. Ydych chi'n barod i fy helpu i ddal ei ddynion e?"

"Wrth gwrs," atebodd y Ffrancwr. "Wedi'r cwbl, mae'r Ffrancwyr a'r Sbaenwyr yn ffrindiau; felly, mae eich gelynion chi yn elynion i ninnau hefyd. Fe fyddaf i'n falch o'ch helpu chi i'w crogi nhw i gyd."

cyfle *opportunity*
crogi *to hang*
llenwi *to fill*
wedi'r cwbl *after all*
gwrthryfelwr *rebel*
balch *happy, proud*

19

Roedd Marta, y warchodwraig, yn gwybod popeth am yr hyn oedd yn digwydd ym mhorthladd Torrenueva, ac roedd hi'n hapus yn rhannu ei gwybodaeth â Teresa Alba.

"Mae Señor Matute yn anfon milwyr o Sbaen a Ffrainc i ymosod ar yr hen bentref lle mae'r Prydeinwyr yn cuddio," meddai hi. "Bydd canonau llong ryfel Ffrainc yn saethu at y Prydeinwyr o'r bae. Maen nhw mewn trap; does dim gobaith 'da nhw o gwbl."

Edrychai Teresa yn drist iawn. Ni allai anghofio'r Cymro golygus fu mor garedig wrthi. Oedd Robert Vaughan wedi marw tybed, neu oedd e'n fyw o hyd? Doedd hi ddim yn gwybod, ond roedd ei chariad tuag at y llfftenant ifanc yn tyfu bob dydd.

"Rydych chi'n ferch lwcus iawn, Teresa," meddai'r warchodwraig yn sydyn.

"Fi? Pam?" gofynnodd y ferch.

"Achos mae Carlos Matute wedi syrthio mewn cariad â chi. Mae e eisiau eich priodi. Dyna pam mae'r milwyr yn chwilio am gorff Felipe Carrera ym mae Torrenueva. Pe bai Felipe wedi marw, fe fyddech chi'n rhydd i briodi'r llywodraethwr."

rhannu *to share*	golygus *handsome*
cuddio *to hide*	tyfu *to grow*
saethu *to shoot*	rhydd *free*

Diflannodd y lliw o fochau Teresa. Doedd hi ddim eisiau priodi dyn fel Carlos Matute. Ond roedd Marta'n dal i siarad yn hapus.

"Mae Señor Matute yn ddyn cyfoethog, Teresa," meddai. "Mae dyfodol da o'ch blaen chi yn Torrenueva …"

Deffrodd Teresa Alba gyda'r wawr. Gallai glywed yr hen wraig yn chwyrnu yn y gwely arall. Cododd Teresa yn dawel a dechrau gwisgo dillad y warchodwraig. Agorodd hi'r drws a mynd i'r coridor.

Roedd ffenestr ystafell Jacob Falk yn edrych dros iard y castell. Clywodd e sŵn ceffylau'n cyrraedd yr iard a chododd o'i wely i fynd i edrych drwy'r ffenestr agored. Roedd grŵp o filwyr yn dod i mewn i'r castell. Gwelodd Jacob hen wraig yn eistedd ar wal y ffynnon yng nghanol y prysurdeb.

Gadawodd y milwyr eu ceffylau yn yr iard ac aethon nhw i mewn i'r castell. Yna cafodd Jacob Falk sioc wrth iddo weld yr hen wraig yn codi'n sydyn ac yn neidio ar gefn un o'r ceffylau. Beth ar y ddaear oedd yn digwydd? Fe ddaeth y gwir iddo fel fflach.

"Arhoswch!" gwaeddodd e yn Saesneg trwy'r ffenestr. "Daliwch hi! Teresa Alba yw hi. Mae hi'n ceisio dianc!"

Rhedodd y grŵp o filwyr yn ôl i mewn i'r iard. Doedden nhw ddim yn deall gair o'r hyn roedd y Sais yn ei ddweud. Ond yna sylwon nhw fod un o'r ceffylau wedi diflannu. Cyn bo hir roedden nhw i gyd yn ymlid Teresa Alba ar hyd y ffordd.

Roedd ceffyl Teresa'n rhedeg fel y gwynt ond roedd llawer

diflannu *to disappear*	chwyrnu *to snore*
lliw *colour*	ffynnon *well*
boch *cheek*	prysurdeb *rush*
cyfoethog *wealthy*	sylwi *to notice*
gwawr *dawn*	ymlid *to chase*

o filwyr yn ei dilyn hi.

Yn sydyn, baglodd ei cheffyl ar garreg. Teimlodd hi'r ceffyl yn syrthio a glaniodd hi'n drwm ar y ddaear. Pan agorodd hi ei llygaid eto, roedd grŵp o filwyr yn sefyll o'i chwmpas hi, yn edrych arni.

"Señorita Alba – dydyn ni ddim yn hoffi Carlos Matute chwaith," meddai un ohonyn nhw. "Ond mae'n rhaid i ni fynd â chi'n ôl i'r castell, achos mae ofn y llywodraethwr arnon ni. Mae'n ddrwg gen i, Señorita."

carreg *stone*
chwaith *either*
ofn *fear*

20

Deffrodd Lifftenant Robert Vaughan yn sydyn; roedd rhywun yn siglo'i ysgwydd. Clywodd lais Pumfrey yn siarad.

"Rydyn ni wedi dal dyn oedd yn ceisio llithro trwy ein rhengoedd ni yn y tywyllwch, Lifftenant."

Cododd y Cymro ar ei draed.

"Ble mae e?" gofynnodd.

"Gyda Lifftenant Hayes," atebodd y bosn. "Roedd rhaid i mi eich deffro chi; does neb ond chi yn siarad Sbaeneg."

"Gadewch i mi siarad gydag e," meddai Vaughan. "Efallai bod milwyr Carlos Matute yn paratoi ymosodiad."

Pan welodd Robert Vaughan y dyn, ni allai gredu ei lygaid.

"Felipe," meddai'n syn. "Felipe Carrera!"

Torrodd Carrera yn rhydd oddi wrth y dynion oedd yn ei ddal e, a thaflu ei freichiau o gwmpas y Cymro.

"Roberto," meddai. "Rydych chi'n dal yn fyw. Diolch byth!"

"Ond beth ydych chi'n ei wneud yma?" gofynnodd Vaughan. "Rydyn ni i gyd mewn trap. Mae milwyr Sbaen a Ffrainc ym mhobman."

"Rwy'n gwybod," atebodd y Sbaenwr. "Mae milwyr y

siglo *to shake*	ymosodiad *attack*
ysgwydd *shoulder*	rhydd *free*
llithro *to slip*	taflu *to throw*
rheng *line, rank*	braich *arm*
paratoi *to prepare*	byw *alive*

llywodraethwr mor hyderus, dydyn nhw ddim yn wyliadwrus iawn. Mae dwsin ohonom wedi llithro trwy eu rhengoedd nhw, pob un ohonon ni'n cario gynnau a phowdr sych. Os bydd dynion Matute yn ymosod arnon ni, fe fyddan nhw'n cael sioc."

Ceisiodd Robert Vaughan wenu. Roedd e'n ddiolchgar i Felipe a'i ddynion am ddod i'w helpu nhw, ond roedd e'n gwybod bod gormod o ddynion gan y llywodraethwr. Pe bai'r Ffrancwyr a'r Sbaenwyr yn ymosod arnyn nhw, byddai'r Prydeinwyr a dynion Felipe Carrera i gyd yn marw ar y bryn yma …

Doedd dim llawer o filwyr ar ôl ym mhorthladd Torrenueva. Roedd Carlos Matute wedi arwain ei filwyr a môr-filwyr Ffrainc o Torrenueva i'r bryn lle roedd y Prydeinwyr yn cuddio. Yn y cyfamser, roedd llong ryfel Ffrainc ar ei ffordd i'r bae lle roedd y *Keswick* wedi suddo. Roedd capten y llong yn bwriadu troi ei ynnau mawr ar y bryn hefyd a dinistrio'r hen bentref.

Eisteddai Teresa Alba mewn cadair yn gwnïo pan ddaeth ei gwarchodwraig i mewn i'r ystafell yn sydyn.

"Edrychwch, Teresa," meddai'r hen wraig. "Mae dwy long Sbaenaidd yn yr harbwr."

Aeth Teresa at y ffenestr ac edrych allan. Roedd llong ryfel fawr yn tynnu llong lai drwy'r dŵr.

"O, rwy'n siŵr taw'r *Matilda* yw'r lleiaf ohonyn nhw," meddai'r ferch yn syn. "Roeddwn i ar fwrdd y *Matilda* pan ymosododd yr herwlongwyr arnon ni. Mae Capten Rodriguez

hyderus *confident*
gwyliadwrus *alert*
bwriadu *to intend*

dinistrio *to destroy*
gwnïo *to sew*
llai *smaller*

59

a'i griw wedi bod yn lwcus. Mae llong ryfel Sbaen wedi dod â'r *Matilda* i'r harbwr."

Ymhen yr awr roedd capten y *Matilda* yn y castell yn gofyn am y ferch. Aeth milwr â'r capten i weld y ferch ar unwaith.

"Capten Rodriguez," meddai Teresa. "Rwy'n falch eich bod chi wedi cyrraedd Torrenueva'n ddiogel."

"Roedden ni'n ffodus, Señorita," meddai Rodriguez. "Ond beth am y Prydeinwyr? Fe achubon nhw ein bywydau ni."

Yn sydyn dechreuodd Teresa wylo.

"Beth sy'n bod, Señorita?" gofynnodd y capten.

Gwrandawodd ar y stori drist heb ddweud gair.

"Rwy'n mynd i siarad â chapten y llong ryfel ddaeth â'r *Matilda* yma," meddai. "Mae rhaid i ni geisio helpu'r Prydeinwyr."

"Ond sut?" gofynnodd y ferch yn syn. "Mae'r Prydeinwyr yn dal yn elynion i ni oherwydd y rhyfel yn Ewrop …"

Gwenodd Rodriguez arni hi.

"Nac ydyn, Teresa," meddai. "Mae pobl gyffredin Sbaen wedi codi yn erbyn milwyr Napoleon, ac mae byddin Prydain ar ei ffordd i Sbaen i'n helpu ni. Y Ffrancwyr yw'r gelynion nawr, Teresa, nid y Prydeinwyr!"

yn ddiogel *safely*
achub *to save*
bywyd *life*
wylo *to weep*
gelynion *enemies*

21

Dechreuodd yr ymosodiad ar y bryn y prynhawn hwnnw. Roedd Jacob Falk wedi anfon neges yn Saesneg oddi wrth Carlos Matute yn gorchymyn i'r Prydeinwyr ildio ar unwaith, ond doedd Robert Vaughan ddim yn fodlon.

Pan hwyliodd llong ryfel Ffrainc i'r bae i'w cefnogi, penderfynodd y llywodraethwr ymosod ar y bryn cyn iddi nosi.

"Fydd y frwydr ddim yn parhau'n hir," meddai Matute wrth ei swyddogion. "Does dim powdr sych gan y Prydeinwyr. Fe fydd ein milwyr ni a môr-filwyr Ffrainc yn cipio'r hen bentref heb unrhyw drafferth."

Ond pan ruthrodd y Sbaenwyr a'r Ffrancwyr i fyny'r bryn, cawson nhw eu taflu'n ôl gan ynnau Felipe Carrera a'i ddynion. Er hynny, doedd Carlos Matute ddim yn poeni.

"Anfonwch neges i'r llong ryfel," gorchmynnodd. "Gofynnwch iddyn nhw droi eu gynnau mawr ar y Prydeinwyr ar unwaith."

Cyn bo hir roedd gynnau mawr llong ryfel y Ffrancwyr yn fflachio, a pheli canon yn syrthio ar yr hen bentref.

"Does dim gobaith 'da ni, Felipe," meddai Robert Vaughan wrth ei ffrind. "Ydych chi eisiau ildio?"

"Nac ydw," atebodd y Sbaenwr. "Fyddwn ni byth yn ildio i

gorchymyn *to command*	cipio *to seize*
bodlon *willing*	rhuthro *to rush*
parhau *to last*	anfon *to send*
swyddog(ion) *officer(s)*	fflachio *to flash*

Carlos Matute."

Yn sydyn, clywson nhw Llfftenant Dickens yn gweiddi: "Mae llong ryfel arall yn dod i mewn i'r bae!"

Trodd pawb i edrych. Oedd llong ryfel Brydeinig wedi dod i'w hachub nhw? Pan welodd y Cymro faner Sbaen ar y llong, collodd e bob gobaith.

"Mae dwy long ryfel yn y bae nawr," meddai Pumfrey wrtho. "Mae hi ar ben arnon ni."

Ond aeth llong Sbaen heibio i'r Ffrancwyr, a saethu atyn nhw'n ddirybudd. Allai Robert Vaughan ddim credu ei lygaid. Roedd llong Ffrainc ar dân ac yn methu â saethu'n ôl am fod ei gynnau hi i gyd yn cyfeirio at y pentref ar y bryn.

Pan welson nhw beth oedd yn digwydd yn y bae, dechreuodd rhai o ddynion Carlos Matute droi ar fôr-filwyr Ffrainc. Cyn bo hir roedd y Ffrancwyr yn brwydro am eu bywydau.

Edrychodd Carlos Matute o'i amgylch. Roedd Jacob Falk wedi diflannu; roedd e'n ffoi'n barod. Roedd swyddogion y llywodraethwr wedi newid ochr ac yn arwain eu dynion yn erbyn y Ffrancwyr. Allai Matute ddim dibynnu ar neb; roedd e wedi bod mor greulon fel llywodraethwr, roedd pawb yn ei gasáu e.

Penderfynodd chwilio am loches yn rhengoedd y Ffrancwyr. Ond pan geisiodd e ymuno â nhw, meddyliodd y Ffrancwyr ei fod e hefyd yn ymosod arnyn nhw. Cododd un o'r môr-filwyr ei bistol a'i saethu drwy ei galon.

Dechreuodd dynion Robert Vaughan a Felipe Carrera

achub *to save*	newid *to change*
gobaith *hope*	ochr *side*
cyfeirio *to aim*	creulon *cruel*
brwydro *to fight*	lloches *shelter*
ffoi *to flee*	ymuno *to join*

symud i lawr y bryn i ymuno â'r frwydr. Cyn bo hir, roedd y Ffrancwyr yn taflu eu harfau i'r llawr ac yn erfyn am drugaredd.

erfyn *to plead*
trugaredd *mercy*

LLYFRGELL COLEG MENAI LIBRARY

22

Roedd Capten Rodriguez yn ei chael hi'n anodd deall y sefyllfa rhwng Teresa Alba, Felipe Carrera a Lifftenant Robert Vaughan. Roedd y Cymro a'r Prydeinwyr eraill wedi dianc o berygl ofnadwy, a nawr roedden nhw'n byw yn gyfforddus ym mhorthladd Torrenueva gan ddisgwyl am long o Brydain i'w casglu. Ond er gwaethaf hynny, doedd Robert Vaughan ddim yn edrych yn hapus o gwbl.

A beth am Felipe Herrera? Roedd ei elyn pennaf, Carlos Matute, wedi ei ladd gan y Ffrancwyr, felly, roedd Herrera yn ddyn rhydd unwaith eto. Ond doedd e ddim yn edrych yn hapus chwaith.

Roedd Teresa Alba wedi croesi'r môr mawr i gwrdd â'i darpar ŵr, ac roedd hi a Felipe gyda'i gilydd o'r diwedd – ond roedd Teresa'n ymddangos yr un mor drist â'r ddau arall!

Yna, sylweddolodd Rodriguez beth oedd yn bod ar ddau o'r tri: roedd y Cymro a'r Sbaenes ifanc mewn cariad â'i gilydd, ond roedd rhaid i Teresa briodi Felipe Carrera oherwydd y cytundeb a wnaeth eu rhieni flynyddoedd yn ôl.

Ond nid oedd hynny'n egluro pam oedd Felipe Carrera mor

anodd *difficult*	rhydd *free*
sefyllfa *situation*	croesi *to cross*
perygl *danger*	darpar ŵr *fiancé*
ofnadwy *terrible*	sylweddoli *to realize*
cyfforddus *comfortable*	cytundeb *agreement*
er gwaethaf *in spite of*	

drist. Roedd e'n mynd i briodi merch hardd a chyfoethog. Oedd e'n gwybod fod Teresa mewn cariad â rhywun arall, tybed?

Roedd Robert Vaughan a swyddogion eraill y *Keswick* yn byw dros dro yn y castell. Un noson aeth Rodriguez i siarad â'r Cymro yn blwmp ac yn blaen.

"Mae rhaid i chi anghofio am Señorita Alba, Lifftenant," meddai. "Mae hi'n mynd i briodi Felipe Carrera. Does dim dewis gyda hi."

"Rwy'n cofio i Capten Simcox ddweud yr un peth wrtho i," atebodd y Cymro. "Rwy i wedi ceisio ei hangofio hi, ond mae'n amhosibl."

Ochneidiodd y Sbaenwr.

"Mae *fiesta* yn Torrenueva yfory," meddai Rodriguez. "Mae Teresa a Felipe eisiau i ni fynd yno gyda nhw. Efallai bydd y miwsig a'r dawnsio yn gymorth i chi …"

"Efallai," atebodd Vaughan, ond heb lawer o obaith yn ei lais.

Yn y cyfamser, roedd Jacob Falk yn cuddio ger Torrenueva. Roedd e'n awyddus i fynd i'r *fiesta* hefyd, ac roedd e'n gobeithio y byddai Teresa Alba'n gadael y castell a dathlu'r ŵyl yn strydoedd y porthladd. Roedd e'n casáu'r ferch yn fawr: hi oedd achos y trafferth ar y *Keswick*, a hi oedd wedi achosi marwolaeth ei ffrind Carlos Matute. Roedd e'n rhoi'r bai ar y ferch am bopeth oedd wedi digwydd iddo. Roedd e'n gobeithio cwrdd â hi yn y *fiesta*, ac yna roedd e'n mynd i'w lladd hi …

yn blwmp ac yn blaen *plainly*
ochneidio *to sigh*
dathlu *to celebrate*
gŵyl *festival*
marwolaeth *death*

23

Y diwrnod canlynol, roedd porthladd Torrenueva'n llawn pobl. Roedden nhw i gyd yn gwisgo dillad lliwgar ac yn canu ac yn dawnsio yn y strydoedd cul. Gadawodd Teresa Alba, Felipe Carrera, Lifftenant Robert Vaughan a Capten Rodriguez y castell am ddau o'r gloch a cherdded i ganol y dref gyda'i gilydd.

Roedd Rodriguez wedi cymryd lle Carlos Matute fel llywodraethwr Torrenueva, ac roedd y trigolion i gyd yn awyddus i roi croeso cynnes iddo. Roedden nhw wedi dioddef llawer dan reolaeth greulon Matute.

Cerddai Rodriguez a Vaughan y tu ôl i'r ddau Sbaenwr ifanc. Er bod yr awyr yn las a'r haul yn disgleirio roedd Teresa a Felipe yn dal i edrych yn anhapus.

Daeth y ddau lifftenant arall, Dickens a Hayes, i'r *fiesta* hefyd, gyda Pumfrey a Jacka y llawfeddyg. Yn sydyn, trodd Hayes ei ben yn siarp.

"Beth sy'n bod?" gofynnodd Dickens iddo.

"O, … dim," atebodd y lifftenant ifanc. "Fe welais ddyn oedd yn edrych yn ddigon tebyg i Jacob Falk …"

"Ble?" gofynnodd Pumfrey.

"Fan yna," dywedodd Hayes gan gyfeirio â'i fys. "Ond mae

dillad *clothing*
lliwgar *colourful*
trigolion *local people*
awyddus *keen*

cynnes *warm*
dioddef *to suffer*
rheolaeth *control*

66

e wedi diflannu."

"Fydd Falk ddim yn dod yma," meddai'r llawfeddyg. "Mae e'n siŵr o fod yn bell i ffwrdd erbyn hyn."

Nodiodd Llifftenant Hayes ei ben.

"Rydych chi'n iawn, Jacka," meddai. "Fe fyddai'n llawer rhy beryglus i Falk ddod yma …"

Pan welodd e'r ddau lifftenant, y bosn a'r llawfeddyg, trodd Jacob Falk ar ei sodlau a diflannu i'r dyrfa. Dim ond Teresa Alba oedd ar ei feddwl e. Cerddodd e ar hyd stryd arall am sbel, ac yna troi yn ôl i'r ffordd fawr eto. Gwelodd e Teresa'n cerdded tuag ato yn y pellter.

Aeth e i sefyll wrth gornel y stryd, a rhoi ei law ar y ddagr yn ei wregys. Roedd Teresa a'r lleill yn dechrau agosáu nawr. Daeth merch ifanc bryd tywyll heibio iddo. Edrychodd hi arno am foment, ond trodd Jacob ei ben a ddywedodd y ferch ddim gair.

"Gadewch i ni fynd ar hyd y stryd yma ac osgoi'r dyrfa," meddai Felipe Carrera wrth Teresa.

"Iawn," meddai'r ferch. Doedd dim hwyl yn ei llais hi. Roedd hi'n meddwl am Robert Vaughan, ac roedd hi'n gwybod bod y Cymro yr un mor drist â hithau.

Pan gyrhaeddon nhw'r gornel, tynnodd Jacob Falk y ddagr o'i wregys mewn fflach a'i chodi i'r awyr. Gwelodd Teresa y ddagr yn dod i lawr, ond ar y foment olaf taflodd merch ifanc bryd tywyll ei chorff rhwng Jacob Falk a Teresa Alba. Torrodd y ddagr gnawd ei braich hi, a llifodd y gwaed i lawr ei gwisg.

Dechreuodd Jacob Falk regi, a cheisio gwthio'r ferch o'r ffordd. Ond erbyn hyn roedd Robert Vaughan wedi tynnu ei

i ffwrdd *away*	osgoi *to avoid*
sodlau *heels*	cnawd *flesh*
gwregys *belt*	llifodd y gwaed
llall (lleill) *other(s)*	*the blood flowed*

gleddyf. Syrthiodd Falk i'r ddaear a cholli ei afael ar y ddagr. Edrychodd y Cymro arno. Roedd ei gleddyf wedi mynd trwy frest Jacob Falk. Yn y cyfamser, roedd Capten Rodriguez wedi tynnu ei gleddyf hefyd.

"Gadewch iddo," meddai'r Cymro wrtho. "Mae e'n marw'n barod."

gafael *hold*
llonydd *peace*

24

Roedd Capten Rodriguez wedi gweld popeth, ac roedd e'n ymdrechu i ddeall y sefyllfa. Roedd y dieithryn yna wedi ceisio lladd y Sbaenes ifanc Teresa Alba, ond roedd merch arall wedi peryglu ei bywyd hi ei hun er mwyn achub bywyd Teresa. Pam?

Yn y cyfamser, roedd Felipe Carrera wedi tynnu ei grys oddi arno, ac wedi ei glymu o gwmpas braich y ferch i rwystro'r gwaed rhag llifo. Sylwodd Rodriguez fod Felipe a'r ferch yn edrych ar ei gilydd drwy'r amser.

Wrth gwrs, meddyliodd y capten. Dyna pam mae Felipe wedi bod mor drist, a dyna pam roedd y ferch yn barod i farw drosto. Roedd hi'n meddwl fod bywyd Felipe mewn perygl. Roedd popeth yn glir nawr. Cerddodd Rodriguez at y ferch a gofyn:

"Pwy ydych chi, Señorita? Beth yw eich enw chi?"

"Rosario," atebodd hi. "Rwy'n ffrind i Felipe."

"Rwy'n gweld hynny," meddai Rodriguez. "Rydych chi newydd achub ei fywyd e, a bywyd Señorita Alba hefyd. Gyda llaw, ydych chi'n gwybod pwy ydw i?"

Siglodd y ferch ei phen.

"Nac ydw," atebodd hi.

ymdrechu *to attempt*	crys *shirt*
y sefyllfa *the situation*	llifo *to flow*
dieithryn *stranger*	sylwi *to notice*

69

"Llywodraethwr newydd Torrenueva ydw i," meddai Rodriguez. "Rwy'n holl bwerus yn y dref yma, ac rwy'n dymuno rhoi gwobr i chi am fod mor ddewr."

Edrychodd y ferch arno'n syn.

"Gwobr?" meddai hi. "Pa wobr?"

"Unrhyw beth," atebodd Rodriguez yn hael. "Felly, meddyliwch yn ofalus cyn dewis."

Edrychodd y ferch ar Felipe Carrera. Roedd y llanc yn dal ei anadl. Roedd pawb o'u cwmpas nhw wedi mynd yn dawel.

"Unrhyw beth," meddai Capten Rodriguez eto. "Unrhyw beth o gwbl, Rosario."

"Fe hoffwn i …" meddai'r ferch.

"Ie?" gofynnodd Rodriguez. "Beth hoffech chi? Ewch ymlaen, Rosario."

"Fe hoffwn i briodi Felipe Carrera," meddai'r ferch. "Rwy'n ei garu e, ac rwy'n meddwl ei fod e'n fy ngharu i hefyd."

Trodd Capten Herrera ac edrych ar Teresa Alba. Roedd popeth yn dibynnu arni hi nawr.

"Ydych chi'n cytuno, Teresa?" gofynnodd e'n dawel.

"Ydw," atebodd hi heb betruso. "Rydych chi wedi rhoi eich gair, Señor Rodriguez."

Trodd Rodriguez yn ôl at Felipe a Rosario. Roedden nhw'n edrych yn hapus iawn.

"Fe gewch chi briodi, felly," meddai'r llywodraethwr. "A phob lwc i chi."

Teresa Alba oedd y gyntaf i longyfarch y cwpl ifanc. Yna trodd hi at Robert Vaughan.

holl *all*	y llanc *young man*
pwerus *powerful*	dibynnu *to depend*
dewr *brave*	petruso *to hesitate*
hael *generous*	llongyfarch *to congratulate*

"Gaf i gydio yn eich braich chi, Lifftenant?" gofynnodd hi gan wenu. "Dydw i ddim eisiau mynd i'r *fiesta* heb bartner …"

cydio *to hold*

Storïau Bob Eynon
o Wasg y Dref Wen

ST NO	‑ ℬ.99
ACC NO	063989
CLASS	WIF EYN
DATE	211105
STAFF	